ÉVIAN LES BAINS

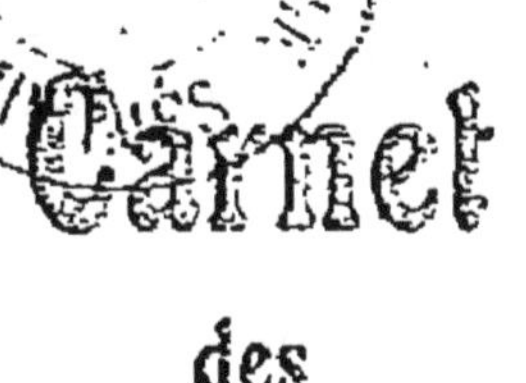

Carnet des Baigneurs

2ᵉ ANNÉE

8° Te1630 cent.

764 (26)

Sur le Léman.

DIRECTION : PARIS, 54, RUE DE DUNKERQUE

CARNET

= des Baigneurs =

À

ÉVIAN-LES-BAINS

(2ᵐᵉ ANNÉE)

Saison 1909

Offert par la Maison

MURATORE

CONFISERIE

Rue Nationale

ÉVIAN-LES-BAINS

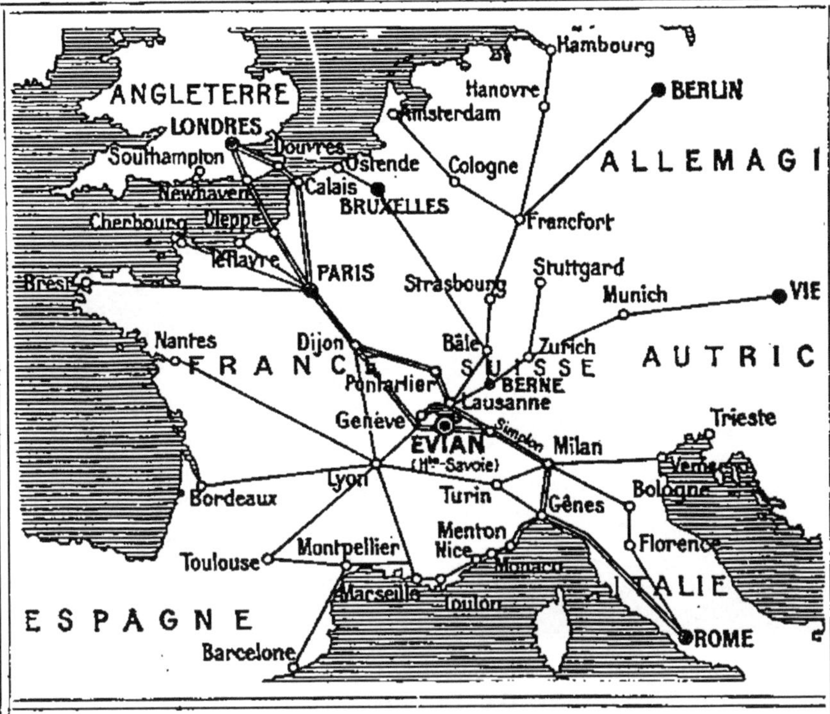

℮ CARNET ℮
des Baigneurs
D'ÉVIAN-LES-BAINS (2ᵉ Année, 1909)

Le **Carnet d'Évian-les-Bains**, dont nous présentons la deuxième année aux hôtes de la coquette station du lac Léman, plaira, nous l'espérons, par la précision et la sélection des renseignements qu'il contient. Nous avons à dessein évité l'encombrement du texte, afin de ne fournir, sous le plus petit volume, que ce qu'il est indispensable de connaître. Le **Carnet d'Évian-les-Bains** paraîtra chaque année avec toutes les modifications jugées utiles, et nous saurions gré à nos lecteurs de nous indiquer leurs desiderata dans le sens du perfectionnement à apporter à notre publication.

L'ÉDITEUR,
54, rue de Dunkerque, PARIS.

Cl. Rochat

Terrasse de la source Cachat.

GRAND HOTEL D'ÉVIAN

PREMIER ORDRE

Magnifique situation au bord du Lac
— au milieu d'un grand Parc —
à proximité de l'Établissement Thermal
— des Sources et du Casino —

Éclairage électrique, Ascenseur, Téléphone

CUISINE ET CAVES RENOMMÉES

GOY Frères & Sœurs, propr^{res}

PRINCIPALES ADMINISTRATIONS

Sous-Préfet (à Thonon) : M. Constantin.
Conseiller général : M. A. Clerc (& A.).
Conseillers d'arrondissement : MM. Merlin, à Publier ;
    Julliard, à Lugrin.

Mairie
(Bureaux ouverts de 9 h. à 12 h. et de 2 h. à 5 h. du soir.)

Maire : M. Jean Giletto.
Adjoints au Maire : MM. Jacques Goy, Ch. Clerc

Police
Commissaire : M. Clarisse.

Justice de Paix
Bureaux à la Mairie (2e étage).

Audiences : Le vendredi, de 9 h. à 12 h. et de 2 h. à
    5 h. du soir.
Audiences civiles : Le vendredi, à 8 h. du matin.
Juge de Paix : M. Faye.
Greffier : M. Rousselot.

Enregistrement
Receveur : M. Majonenc.

Contributions directes
Contrôleur : M. Gojon, à Thonon.
Percepteur : M. Lagarde.

Contributions indirectes
Receveur : M. Maurel.

Bureau de Bienfaisance : A la Mairie.
Bureau d'hygiène. *Directeur :* Dr Trombert.
Huissiers : MM. Baud, Riond.
Notaires : MM. Clerc, Gauthier.

Régates à Voiles. — Meeting.

Grand Hôtel du Nord
— ÉVIAN-LES-BAINS —

Vue du Lac, près les Sources et le Casino

Recommandé aux Familles et Touristes
Pension depuis **8 francs**

Omnibus à tous les trains et automobile à l'Hôtel pour excursions
CHAUFFAGE CENTRAL
Grande dépendance avec jardin en face le port

E. RUFFIN, propriétaire

DOCTEURS-MÉDECINS

MM. Bergouignan, rue du Marché.
    Bordet, rue du Port.
    Chiaïs, rue Nationale.
    Cottet, villa Gabrielle.
    Dufour, rue Nationale.
    Dumur, rue Nationale.
    Francina, villa Beau-Séjour.
    Grisel, rue Nationale.
Mme Jacobson, rue de Clermont.
MM. Lamarre, villa des Alpes.
    Soulier, rue Nationale.
    Trombert, villa des Liserons.
    Arnulphy.
    Badin, villa des Fougères.
    Bataille, villa Yves.

PÉDICURE ET MANUCURE ATTITRÉ

M. F. Vincent, aide-chirurgien diplômé de la Faculté de médecine de Genève, chirurgien-pédicure attitré de la Société des Eaux d'Evian (18e année), reçoit à Evian, tous les jeudis matin, à l'établissement même où l'on peut s'inscrire. Se rend dans les hôtels l'après-midi. — (Adresse de Genève : rue du Mont-Blanc, 7.)

SYNDICAT D'INITIATIVE

Il existe à Évian-les-Bains un Syndicat d'initiative qui fournit gracieusement aux Baigneurs et aux Etrangers tous les renseignements sur la station (Bureau : Hôtel de ville). Écrire à M. le Président qui répondra tout de suite.

Cl. Rochat

Quai Baron-de-Blonay.

VOITURES DE PLACE
STATION : Place du Port.

TARIF :

Dans les limites d'Amphion, du Rond-Point et de Petite-Rive :

L'heure. { A 1 cheval . . . F. **3** »
{ A 2 chevaux . . . **6** »

(Pourboires en plus.)

VOITURES D'EXCURSIONS
TARIF pour itinéraires fixes :

Kil.	DESTINATION	1 ch.	2 ch.
1 5	Gare d'Evian . . . . .F.	3	5
3	Amphion-les-Bains	3	5
4	Amphion (village)	3	6
5	Amphion (poirier)	4	10
8	Pont de Dranse	6	12
9	Ripailles (1 ch., 4 pl., 12 fr.) . . .	8	15
9	Thonon	10	20
15	Les Allinges	15	30
27	Le Pont du Diable	18	30
32	Le Biot	30	50
38	Montriond (lac)		
34	Saint-Jean-d'Aulph	30	55
3	Petite-Rive	3	5
5	Tourronde	5	10
10	Meillerie (4 pl., 12 fr.)	8	16
12	Laucum	10	18
16	Bret	11	18
18	Saint-Gingolph (grottes)	12	25
22	Bouveret (Bouches-du-Rhône) . . .	15	26
44	Monthey	25	50
55	Roche, Aigle	30	55
40	Clarens-Montreux	31	55
2	Rond-Point	3	6
4	Maxilly	5	10
5	Lugrin	6	10

Les Canots automobiles du Meeting.

Kil.	DESTINATION	1 ch.	2 ch.
3 5	Neuvecelle (route neuve) . . . . .F.	5	10
3 5	Neuvecelle (grand châtaignier) . .	5	10
3 5	Milly	5	10
12	Saint-Paul (église)	12	20
17	Saint-Paul (calvaire)	15	30
18	Bernex (Dent-d'Oche)	16	30
13	Thollon (Grand-Crêt)	16	30
15	Lajoux (Mont-Challon)	20	35
15	Vinzier	15	30
17	Grange-Blanche	18	35
20	Vacheresse.	20	38
29	Abondance (abbaye)	25	45
45	Morgins (Bains)		
12	Larringes (église, château)	15	30
13	Féternes (Tournettes).	15	30
6	Publier	5	10
7	Marin.	8	16
24	Bonnevaux	25	40
34	Villeneuve.	30	50

COMMISSIONNAIRES
A la Gare et au Port

Pour plus de sécurité, n'accepter les services que des commissionnaires porteurs d'une plaque numérotée.

TARIF :

Dans toute la partie de la ville comprise dans le rayon de l'octroi :

1o Toute commission ou course sans objets portés à la main. **0.20**
2o Carton à chapeaux. **0.20**
3o Sac de voyage. **0.30**
4o Malle pesant moins de 100 kilos. **0.75**
5o Autres colis, les 50 kilos. **0.40**

Avis important

Pour toutes réclamations concernant les *voitures* et les *commissionnaires*, s'adresser au Commissariat de police.

SERVICES RELIGIEUX

CULTE CATHOLIQUE

Église paroissiale. — *Curé :* M. JAY. *Vicaires :* MM. CROZET et VELLUS.

Le dimanche : à 6 h., 7 h., 8 h., messes basses; à 9 h., 1ʳᵉ messe basse pour MM. les Baigneurs; à 10 h., grand'messe et prône; à 11 h. 15 (du 15 juillet au 1ᵉʳ septembre), 2ᵉ messe pour MM. les Baigneurs. A 2 h. 1/2, vêpres suivies du salut; à 8 h., rosaire et prière du soir.

La semaine : messes depuis 5 h. 1/2, la dernière à 8 h. Tous les soirs à 8 h., chapelet et prière du soir.

Pendant la saison, du 1ᵉʳ juin au 15 octobre, dispense du jeûne et du maigre est accordée à Évian-les-Bains, et pour tous les jours, aux Baigneurs, aux personnes qui les accompagnent et au personnel des hôtels, villas et ménages tenant pension d'Étrangers.

CULTE PROTESTANT

Rite français. — Église avenue de la gare. *Pasteur :* M. OLIVET.

Service : le dimanche, à 9 heures de juin à octobre, et à 10 h. d'octobre à juin.

TABLEAU EN MONNAIE FRANÇAISE

des Valeurs étrangères en pièces d'or et d'argent.

Allemagne

Or	20 marks .... Fr.	24.50
	10 »	12.25
	5 »	6.10
Arg.	3 »	3.65
	2 »	2.45
	1 » (100 pfennige)	1.22

Amérique

Or . {	Double aigle (20 dollars). . . . . Fr.	103.42
	Un dollar.	5.17
Arg. |	Un dollar (100 cents).	5.31

Angleterre

Or . {
Livre sterling, Souverain 20 shel. Fr. 25 »
Demi-souverain 10 » 12.50
Couronne 5 » 6.25

Arg . {
Demi-couronne (2 shellings 6 pence). 3.15
Shelling (12 pence) 1.22
6 pence. 0.62

Hollande et Pays-Bas

Or . {
Double Guillaume. . . . . . . Fr. 41.75
Guillaume (10 florins). 20.80
Demi-Guillaume (5 florins). 10.42

Arg . {
Rixdaler (2 1/2 florins). 5.24
Florin ou Gulden 2.10
Demi-florin. 1.05

Norvège

Or . {
Pièce de 20 couronnes . . . . . Fr. 27.76
» 10 » 13.88

Arg . {
» 2 » 2.63
» 1 » 1.37

Ont cours les monnaies or et argent des pays suivants : Belgique, Suisse, Grèce.
Pour l'Italie, les pièces d'or, la pièce de 5 fr. en argent seulement. L'Espagne, les pièces d'or seulemᵗ.

BAINS D'ÉVIAN

Propriété de la Société anonyme des Eaux minérales d'Evian-les-Bains

SOURCE CACHAT
Source des Cordeliers, Source Bonnevie, Source de Clermont.

Saison : 15 Mai — 15 Octobre

Direction : Dr BAUP. *Services électriques :* Dr PHILIPPE.

Tous les traitements sont appliqués directement par les médecins de l'établissement ou sous leur surveillance immédiate, sauf le bain ordinaire.

TARIF

Du 15 mai au 15 juin et du 15 septembre au 15 octobre, les prix de la première colonne seuls seront appliqués pendant toute la journée.

BAINS

Les bains en petite piscine sont pourvus d'une douche.

	De 2 à 6 h. après-midi.	De 6 h. du matin à midi.
Ordinaire avec 2 serviettes.	1 50	2 »
Avec linge complet et service . . .	2 »	2 50
— — et friction	2 50	3 »
En petite piscine — . . .	3 »	3 50
— — friction ou massage.	3 50	4 »
Bain torrentiel.	3 »	3 50
Bain torrentiel et friction.	3 50	4 »
Sulfureux (médicaments compris).	3 »	4 »
De vapeur ou fumigation	3 »	4 »
De lumière électrique.	3 »	4 »
Demi-bain avec massage.	3 »	4 »
Bain d'acide carbonique.	3 »	4 »
Bain porté à domicile.	6 »	6 »
Bain avec irrigation continue sous l'eau.	3 »	3 50
Bains avec applications de tubes de Leiters.	3 »	3 50

Le linge fourni pour les bains complets avec service se compose de 2 peignoirs et de 4 serviettes.

Linge en supplément : un peignoir de toile, 0 fr. 25 ; une serviette, 0 fr. 10.

DOUCHES	De 2 à 6 h. après-midi.	De 6 h. du matin à midi.
Ordinaire chaude ou froide sans linge, 1 peignoir..........	1 50	2 »
Ordinaire chaude ou froide, linge complet et service.........	2 »	2 50
Avec friction chaude ou froide, linge complet et service.........	2 50	3 »
Douche médicale donnée par le médecin directeur...........	3 »	3 »
Douche massage éviannaise ou Vichy, 1 masseur..........	3 »	3 50
Douche massage éviannaise ou Vichy, 2 masseurs..........	4 »	4 50
Douche sous-marine.......	3 50	4 »

Le linge complet fourni pour les douches se compose de 2 peignoirs de toile, d'un peignoir de flanelle et de 4 serviettes.

MASSAGES		
Sec (15 minutes au plus)......	3 »	4 »
Scientifique pratiqué par le médecin directeur...........	10 »	10 »

SERVICES DIVERS		
Friction sèche sans bain ni douche.	1 »	1 50
Bain de siège............	1 »	1 50
Douche ascendante........	1 50	2 »
Enveloppement humide......	3 »	4 »
Chaise à porteurs. { simple course.	2 »	2 50
Chaise à porteurs. { double course.	3 »	3 50

PISCINES		
Grande piscine commune tempérée.	2 »	2 50
Costume obligatoire (location)...	» 50	» 50
Grande piscine suivie de douche ordinaire.............	3 »	3 50

ABONNEMENTS

Une réduction de 10 o/o est accordée à toute personne qui prendra une série de 10 tickets au moins de même prix ou de prix divers, sauf pour l'électricité et pour les traitements appliqués par le médecin directeur.

ÉLECTROTHÉRAPIE

Tous les traitements sont donnés sous la direction de M. le Dr Philippe, avec qui les clients sont priés de prendre rendez-vous. — En l'absence de M. le Dr Philippe, s'adresser à M. le Dr Baup.

Electricité statique. — Inhalation d'ozone. Bain de lumière colorée. — Bain genre Dowsing local . . . . } 5 fr. la séance.

Courants de haute fréquence (d'Arsonvalisation). Bain hydro-électrique (en baignoire ou en cellule). — Bain genre Dowsing général. — Application locale des courants galvaniques, sinusoïdaux, faradiques ou galvano-faradiques . . . . } 10 fr. la séance.

Radiographie et Radioscopie. Prix suivant le cas.

SALLE DE REPOS

Une salle de repos est à la disposition des baigneurs sur recommandation de leur médecin. S'adresser à la caisse.

INSCRIPTIONS

Du 15 juin au 15 septembre, le régime d'inscription est appliqué pour les traitements suivants, entre 6 h. du matin et midi : douches-massages, douches système Evian ou Vichy, massages secs, bain torrentiel, douche sous-marine, bain de vapeur, bain sulfureux et bain à domicile et chaise à porteurs.

HEURES D'OUVERTURE

Du 15 mai au 15 juin et du 15 sept. au 15 octobre, de 7 h. du matin à 6 h. du soir. Du 15 juin au 15 sept., de 6 h. du matin à 6 h. du soir.

Interruption des services chaque jour de midi à 2 h. pour la visite de l'établissement. Le dimanche et les jours fériés, l'établissement ferme à midi.

Indépendamment des services ci-dessus, les baigneurs trouveront encore aux bains d'Evian un service de mécanothérapie et de gymnastique dirigé par M. le professeur Berg, masseur suédois.

M. Berg traite à forfait pour tous les traitements compris dans son service.

Le Directeur des Bains,
Dr BAUP.

Le Directeur général de la Société anonyme des Eaux minérales d'Evian-les-Bains.
J. BARILLOT.

SOURCE CACHAT ET CASINO

Tarif des Entrées et Abonnements.

ENTRÉE

Au Casino et à la Source Cachat, valable jusqu'à 7 heures du soir : 1 franc.

Au Casino, depuis 7 heures du soir, pour les grands concerts et fêtes : 2 francs.

Au Casino, depuis 7 heures du soir, pour les grands concerts avec chant et festivals : 3 francs.

Nota. — Le ticket d'entrée de la journée est reçu en acompte pour la soirée.

ABONNEMENTS

Des abonnements à prix réduits sont délivrés :

Pour 21 jours.
(La journée.)

SOURCE CACHAT
Du 15 mai au 7 juin inclus	o 30
Du 8 juin au 15 septembre inclus . .	o 50
Du 16 septembre au 15 octobre inclus	o 30
Pour toute la saison, 15 francs.	

CACHAT CASINO
| Du 8 juin au 15 septembre inclus . . | o 70 |
| Pour toute la saison, 20 francs. | |

CACHAT CASINO
| Du 8 juin au 15 septembre inclus . . | o 90 |
| Pour toute la saison, 25 francs. | |

Réductions pour familles. — 25 % à la 3e personne et plus de la même famille. (La famille comprend le père, la mère et les enfants non mariés.)

THÉATRE

Tarif des représentations ordinaires.

Fauteuils d'orchestre réservés : 4 fr. 90.

Stalles d'orchestre, loges de balcon, fauteuils de balcon (1er rang), galeries : 3 fr. 50.

Droit des pauvres : 10 % en sus.

On peut retenir ses places à l'avance sans augmentation de prix. Bureau de location ouvert de 6 heures du matin à 6 heures du soir.

4*

AU BON MARCHÉ

5, rue des Arts, THONON-LES-BAINS

P. VENRECH

Grand choix de Tissus Haute Nouveauté

Lingerie fine - Linge de table

Seul dépositaire du **corset N. D.** lavable, à baleines changeables,
muni du « Busc » Eynedé. — Breveté S. G. D. G. — Changeable et interchangeable.

Cl. Rochat

Arrivée d'un bateau à vapeur.

Maison Giletto

Magasin de Papiers peints

Couleurs en tubes et
ACCESSOIRES POUR
PEINTRES AMATEURS

11, pl. du Marché, **ÉVIAN**

J. KUMMER

Tapissier
Décorateur

ÉVIAN-LES-BAINS

BATEAUX A VAPEUR DU LÉMAN

TARIF d'Évian aux ports suivants :

	Aller.		Aller et retour	
	1re cl.	2e cl.	1re cl.	2e cl.
Amphion . . . . F.	0.80	0.30	1.20	0.45
Anières	3.40	1.80	5.10	2.70
Anthy-Séchex	1.80	0.90	2.70	1.35
Bellerrue	3.50	1.80	5.25	2.70
Bouveret.	3.30	1.30	4.95	1.95
Clarens	3.20	1.50	4.80	2.25
Coppet	3.20	1.50	4.80	2.25
Cologny	4.10	2 »	6.15	3 »
Corsier	3.50	1.80	5.25	2.70
Genève	4.20	2 »	6.30	3 »
Hermance.	3.20	1.60	4.80	2.40
La Belotte	4 »	2 »	6 »	3 »
Lausanne	2 »	1 »	3 »	1.50
Meillerie.	1.70	0.70	2.55	1.05
Montereux.	3.20	1.50	4.80	2.25
Morges	2.20	1.10	3.30	1.65
Nernier	2.50	1.30	3.75	1.95
Nyon	2.80	1.30	4.20	1.95
Ouchy.	2 »	1 »	3 »	1.50
Rolle	3 »	1.50	4.50	2.25
Saint-Gingolph.	2.60	1.10	3.90	1.65
Sciez	2 »	1 »	3 »	1.50
Territet	1 »	0.50	1.50	0.75
Thonon-les-Bains.	3.50	1.60	5.25	2.40
Tougues-Chons	3 »	1.50	4.50	2.25
Tourronde.	1 »	0.40	1.50	0.60
Vevey.	2.80	1.40	4.20	2.10
Villeneuve.	3.50	1.60	5.25	2.40
Yvoire.	2.20	1.10	3.30	1.80

Tour du Lac (Aller et retour) :
Évian-Ouchy, Vevey-Territet, Bouveret-Évian,
5 fr. 25 (1re cl.); **2 fr. 40** (2e cl.)

Les tickets d'aller et retour sont valables pendant 10 jours sur la Compagnie de Navigation du lac Léman.

SPORTS A ÉVIAN-LES-BAINS

Lawn-Tennis. — Beau terrain situé au Jardin Anglais. Réunion des plus fréquentées durant la saison d'été.

Heures d'ouverture : de 7 h. à midi et de 1 h. à 8 h. du soir. Règlement de l'U. S. F. S. A.

Cotisations : une journée, o fr. 6o ; 21 jours, 8 fr. ; saison entière, 10 fr. Enfants : moitié prix pour les abonnements. Spectateurs : une journée, o fr. 3o ; saison entière, 3 fr. Entrée libre pour les abonnés au Casino.

Se faire inscrire au kiosque du tennis.

Chasse. — On trouve dans les parages d'Évian : la perdrix rouge et grise, caille, grive, sarcelle, bécasse, bécassine, lièvre, lapin, la gélinotte, le coq de bruyère. Les chasseurs intrépides qui voudront se rendre dans les montagnes d'Abondance auront quelquefois l'occasion de tirer le chamois.

Notons aussi une très grande variété d'oiseaux du lac : cigogne, héron, pélican, macreuse, spatule, cygne, outarde, bruant, harle, grèbe, mouette, etc.

La Société de Saint-Hubert possède plusieurs chasses gardées dans les environs et MM. les baigneurs y sont admis. Entrée, 10 fr. ; cotisation, 15 fr.

Pêche. — Très abondante dans toutes les eaux du Léman, soit qu'on pêche de la rive, soit qu'on s'y rende en bateau.

On prend : sardines, perches, truites, ombres, brochets, lottes, saumons, anguilles, etc., etc.

Le poisson le plus répandu est la féra qu'on ne rencontre que dans le Léman ; la féra est une sorte de sole qu'on pêche avec succès en septembre.

Alpinisme. — Section du Club Alpin du Léman·

Escrime. — Natation. — Cycles. — Canots automobiles sur le lac Léman.

Casino et Établissement thermal.

PROMENADES

A pied

Evian à Amphion (aller et retour 8 kil.). — Charmante route en bordure du lac. Belles villas sur les bords du Léman. A *Amphion*, source ferrugineuse bicarbonatée. C'est aussi dans ce petit village que se trouve le siège d'une industrie déjà florissante bien que de création toute récente; nous voulons parler des *canots automobiles* « *Excelsior* ». M. Celle, le constructeur des « Excelsior », a créé des types qui ont pris part avec succès aux grandes courses de Monaco, de France, Suisse, etc. « Excelsior », toujours combattu, détient tous les records de vitesse et de catégorie.

Evian à Thonon (aller et retour 17 kil.), altitude 430 m. — Bonne route en partie au bord du Léman, par *Amphion*. De la place du Château, belle vue sur le Léman. Visiter : le musée d'Histoire naturelle, à l'Hôtel de Ville; cloître Renaissance, à l'Hôtel-Dieu; église Saint-Hippolyte avec crypte romaine; église Saint-Sébastien (xv° siècle).

Source minérale bicarbonatée nitreuse. Etablissement de bains. Petit casino.

Evian à Publier (aller et retour 7 kil.). — Route par les *vallées* et *Novery*. Retour par *Amphion*.

Evian à la Solitude (aller et retour 2 kil. 500). — Chemin des grottes en partie au bord du lac. Promenade des plus pittoresques.

Evian au Rond-Point et au Prieuré de Maraîche (aller et retour 4 kil.). — Route par *l'Hospice*. A *Maraîche*, ancienne chapelle des Moines d'Abondance. Jolie vue sur les montagnes.

Evian à Maxilly (aller et retour 8 kil.). — Chemin par la *route d'Abondance* et *Maraîche*. Ruines du château de Blonay. Retour par *Grande-Rive*.

Evian à Grande-Rive (aller et retour 4 kil.). — Charmante route ombragée en bordure du Léman.

Evian à Tour-Ronde (aller et retour 10 kil.). — Par *Grande-Rive*.

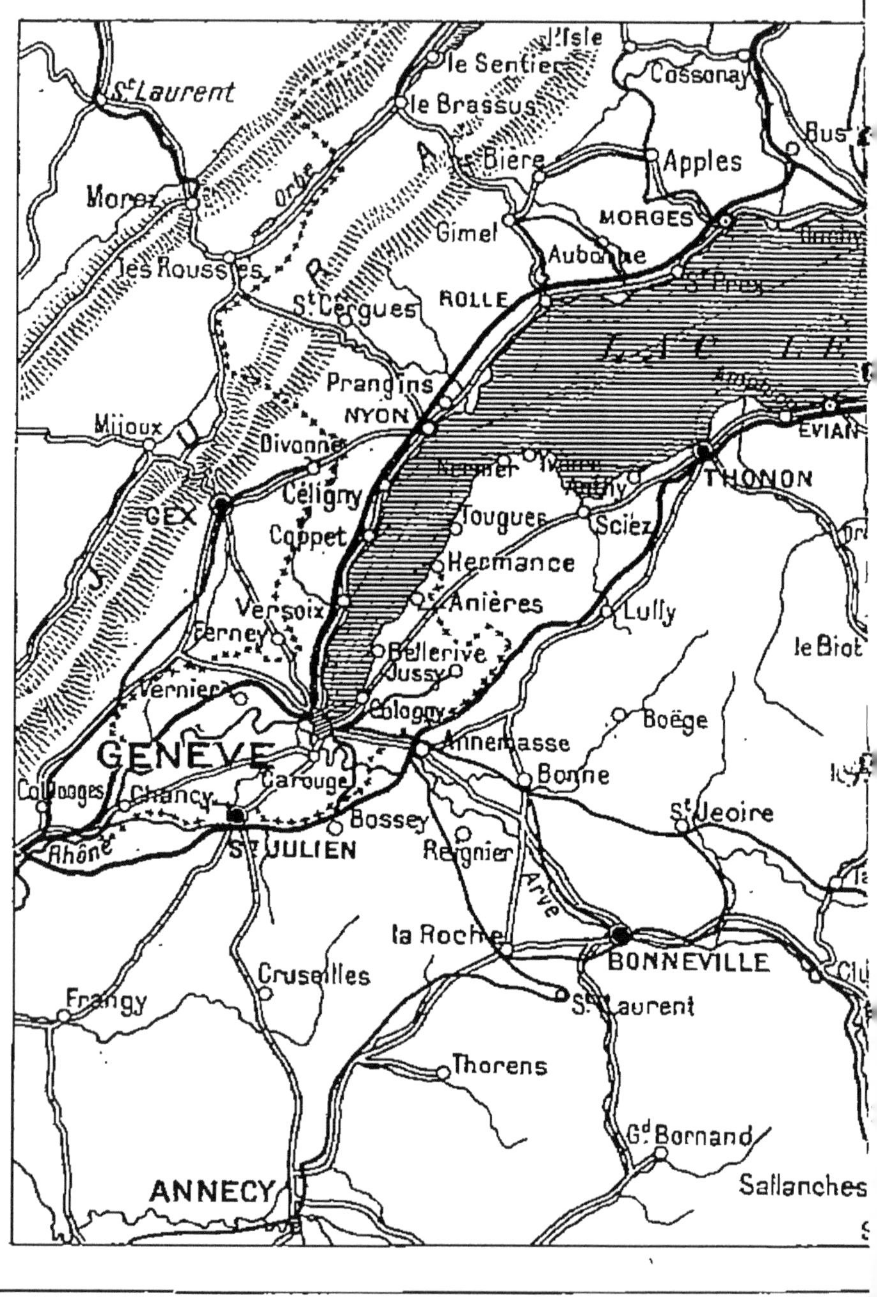
St Laurent
le Sentier
l'Isle
le Brassus
Cossonay
Bus
Morez
Orbe
la Bière
Apples
Gimel
MORGES
les Rousses
Aubonne
St Prex
St Cergues
ROLLE
LAC LÉ
Prangins
NYON
Mijoux
Divonne
Nernier
Yvoire
EVIAN
Céligny
Anthy
THONON
GEX
Tougues
Sciez
Coppet
Hermance
Versoix
Anières
Lully
Ferney
le Biot
Vernier
Bellerive
Boëge
Jussy
Cologny
GENÈVE
Annemasse
Collonges
Chancy
Carouge
Bonne
St Jeoire
Rhône
St JULIEN
Bossey
Reignier
Arve
la Roche
BONNEVILLE
Clu
Cruseilles
St Laurent
Frangy
Thorens
Gd Bornand
ANNECY
Sallanches

MARSEILLE, LYON, GRENOBLE, ÉVIAN, CHAMONIX, ANNECY, MOUTIERS-SALINS

LIRE DE HAUT EN BAS						STATIONS		LIRE DE BAS EN HAUT		
	matin	matin	soir	soir				matin	soir	soir
—	6 »	9 15	8 10	11 18	dép.	MARSEILLE....	arr.	4 50	5 38	10 18
matin	10 23	midi46	min 3	4 25	arr.	Valence.........	dép.	min47	midi55	6 43
7 47	10 36	midi53	min 6	4 33	dép.	Valence	arr.	min44	midi28	6 39
10 14	midi38	3 45	4 »	7 5	dép.	LYON............	arr.	10 58	10 13	4 34
11 37	1 39	4 57	5 51	8 25	dép.	Ambérieu	arr.	9 55	9 7	3 27
midi55	2 26	5 51	6 38	9 27	arr.	Culoz...........	dép.	8 56	7 57	2 34
1 33	2 38	6 2	»	9 39	dép.	Culoz	arr.	8 49	7 43	2 22
2 24	3 12	6 36	»	10 21	arr.	Bellegarde......	dép.	8 19	7 8	1 52
»	4 39	8A3	»	midi 7	arr.	Annemasse	dép.	6 40	5 3	11D14
8 51		1 7	matin	9 25	dép.	Valence..........	arr.	10 15	9 33	6 24
midi17		3 31	4 26	9 33	dép.	GRENOBLE......	arr.	7 5	7 19	2 58
1 44		4 17	5 45	10 6	arr.	Montmélian....	dép.	5 43	6 29	1 36
1 49		4 20	5 50	10 11	dép.	Montmélian	arr.	5 40	6 27	1 33
2 7		4 33	6 8	10 32	arr.	Chambéry......	dép.	5 19	6 12	1 15
3 48		4 54	6 50	11 9	arr.	AIX-LES-BAINS.	dép.	4 40	5 45	10 26
6 22		6 22	8 30	midi31	arr.	Annecy.........	dép.	3 25	4 35	9 »
6 41		6 41	8 36		dép.	Annecy	arr.	soir	matin	7 31
7 55		7 55	9 38		arr.	La Roche-s.-Fo-	dép.	»	»	6 30
8 10		»	9 57		dép.	ron............	arr.	»	»	matin
8 43		soir	10 24		arr.	Annemasse.....	dép.	»	»	»
9 1	5 »	8A11	»	midi22	dép.	Annemasse	arr.	6 27	4 48	10D58
9 53	5 35	8A40	»	1 9	arr.	Thonon	dép.	5 41	4 1	10D21
10 11	5 49	8A53	»	1 27	arr.	EVIAN-L.-BAINS	dép.	5 23	3 48	10D7
1 50	2 45	6 10	6 39	9 45	dép.	Culoz	arr.	8 24	7 34	2 18
2 21	3 7	6 32	7 1	10 14	arr.	Aix-les-Bains ..	dép.	8 2	7 3	1 53
soir	soir	8 16	8 30	midi31	arr.	Annecy.........	dép.	5 20	4 35	11 31
»	»	soir	9 38	»	arr.	La Roch.-Foron	dép.	soir	matin	matin
9 6	4 57	8C17	10 34	midi31	dép.	Annemasse. ..	arr.	6 20		10E58
9 42	5 37	8C53	11 15	1 12	arr.	La Roche-s.-Fo-	dép.	5 40		10E30
soir	5B48	9C »	matin	1 17	dép.	ron	arr.	5 25		10E29
—	7B14	11C 4	»	2 51	arr.	Le Fay.-St-Gerv.	dép.	3 42		9E22
—	8B34	11C13	»	4 18	arr.	CHAMONIX......	dép.	2 16		8E 1
2 11	===	4 54	6-18	11 26	dép.	Montmélian. ..	arr.	5 18	5 30	
2 27	—	5 10	6 34	11 42	arr.	St-Pierre-d'Alb.	dép.	5 2	5 14	
3 11	—	6 10	8 22	midi42	arr.	Albertville	dép.	4 23	matin	
4 12	—	7 27	9 23	1 59	arr.	MOUTIERS-SAL.	dép.	3 21	—	
8 »	—	—	10 38	===	dép.	Annecy	arr.	2 23	—	11 22
9 20	—	—	11 57	—	arr.	Albertville...	dép.	1 5	—	8 49
10 21	—	—	1 59	—	arr.	MOUTIERS-SALINS.	dép.	midi 9	—	7 20

(A) Du 15 juin au 18 sept. incl. — (B) Jusqu'au 19 sept. inclus. —
(C) Du 1er juill. au 18 sept. inclus. — (D) Du 16 juin au 19 septembre
inclus. — (E) Du 2 juillet au 19 septembre inclus.

PARIS LYON, GENÈVE, ÉVIAN ET MILAN

STATIONS	OMNIBUS 1.2.3.	EXPRESS 1.2.3.	EXPRESS 2.3.	MIXTE 1.2.3.	OMNIBUS 1.2.3.	EXPRESS 1.2.3.	OMNIBUS 1.2.3.	OMNIBUS 1.2.3.	EXPRESS 1re.2e	OMNIBUS 1.2.3.	EXPRESS 1re,2e W.R.	OMNIBUS 1.2.3.	LUXE
PARIS *(Bp)* … dép	—	soir 9 »	soir 9 30	—	—	soir 10 35	—	—	—	—	matin 9 5	—	matin 11 30
• BELLEGARDE *(B)* . arr.	—	5 49	7 3	—	—	10 21	—	—	—	—	6 36	—	7 27
• **LYON** *(Perrache)* … dép	—	matin —	matin —	—	—	matin 7 5	midi 38	—	—	soir 1 9	soir 3 45	—	soir
• BELLEGARDE *(B)* .. arr.	—	—	1607	—	—	10 21	3 12	—	—	5 46	6 36	—	—
• **BELLEGARDE** … dép	matin 4 4	matin 5 55	matin 7 25	—	—	OMNIBUS 10 59	soir 3 30	—	—	6 30	7 6	—	soir 7 36
ST-JULIEN-EN-GENEV ..	4 40	6 35	8 2	—	—	11 38	4 9	—	—	7 10	7 42	—	8 6
Archamps …	4 47	»	8 9	—	—	11 45	4 16	—	—	7 17	»	—	»
• **ANNEMASSE** …	5 16	7 8	8 35	—	matin	midi 7	4 39	soir	soir	7 41	8 3	soir	8 30
GENEVE-E.-V … dép	6 »	6 55	8 23	—	10 1	11 57	4 49	4 53	6 51	soir	7 46	8 37	»
• **ANNEMASSE** *(Bp)* … dép	6 22	7 18	8 48	—	10 38	midi 22	5 »	5 20	7 20	—	8 11	9 1	8 38
St-Cergues …	6 31	↓	8 58	—	10 52	midi 32	↓	5 30	7 29	—	↓	9 11	↓
Machilly …	6 38		9 5	—	10 59	midi 39		5 38	»	—		9 18	
Bons-St-Didier …	6 49		9 12	—	11 6	midi 46		5 46	7 43	—		9 29	
Perrignier …	6 58		9 21	—	11 15	midi 55		5 59	»	—		9 38	
Allinges-Mésinges …	7 4	↓	9 27	—	11 21	1 1		6 5	»	—		9 44	
THONON-LES-BAINS ..	7 16	7 50	9 40	—	11 33	1 13	5 39	6 18	8 3	—	8 43	9 57	9 11
Amphion-les-Bains (h.).	7 26	»	9 50	—	11 43	1 23		6 28	»	—	»	10 7	»
Evian-les-Bains … arr.	7 30	8 »	9 54	matin	11 47	1 27	5 49	6 32	8 13	—	8 53	10 11	9 21
(B) dép.	7 38	8 5	10 2	10 45	11 53	1 40	6 4	soir	8 18	—	8 58	soir	9 30
Bains-d'Evian (h.) …	7 48	8 9	10 6	10 50	11 57	1 45	6 9	—	8 22	—	9 2	—	9 34
Lugrin-Tour-Ronde …	7 57	matin	matin	11 4	matin	1 57	6 21	—	soir	—	soir	—	soir
Meillerie …	8 7	—	—	11 14	—	2 6	6 30	—	—	—	—	—	—
st-Gingolph …	8 19	—	—	11 26	—	2 16	6 40	—	—	—	—	—	—
LE BOUVERET … arr.	8 28	—	—	11 35	—	2 23	6 47	—	—	—	—	—	—
St-Maurice (l.) … arr.	10 10	—	—	1 20	—	4 10	8 25	—	—	—	—	—	—
MILAN … arr.	4 »	—	—	7 45	—	soir	soir	—	—	—	—	—	—

Du 10 juillet au 18 septembre.

Mardis, jeudis, dim. du 1er juill. au 19 sept. incl.

Jusqu'au 18 septembre inclus.

Les mardis, jeudis et samedis du 1er juillet au 23 sept. inclus.

(I) Heure de l'Europe centrale.

MILAN, ÉVIAN, GENÈVE, LYON ET PARIS

STATIONS	OMNIBUS 1.2.3.	OMNIBUS 1.2.3.	EXPRESS 1re 2e	EXPRESS LUXE	OMNIBUS 1.2.3.	EXPRESS 1re 2e
MILAN .... dép	—	—	—	—	soir 11 15	—
St-Maurice (I) .... dép	—	—	—	—	7 10	—
LE BOUVERET ...... dép	—	—	—	—	7 47	—
St-Gingolph	—	—	—	—	7 55	—
Meillerie	—	—	—	—	8 9	—
Lugrin-Tour-Ronde	—	matin	matin	—	8 18	matin
Bains-d'Évian (h.)	—	5 55	7 55	—	8 30	9.56
ÉVIAN-LES-BAINS (B) .. arr	matin	5 59	7 59	—	8 34	10 »
ÉVIAN-LES-BAINS (B) .. dép	3 48	6 5	8 2	—	8 45	10 7
Amphion-les-Blans (h)	»	6 10	»	—	8 50	»
THONON-LES-BAINS	4 1	6 22	8 15	—	9 3	10 21
Allinges-Mésinges	4 11	6 32	—	—	9 13	—
Perrignier	4 17	6 38	—	—	9 23	—
Bons-St-Didier	4 26	6 47	—	—	9 32	—
Machilly	4 33	6 54	—	—	9 39	—
St-Cergues	4 40	7 1	—	—	9 46	—
●ANNEMASSE (Bp) .... arr	4 48	7 9	8 46	—	9 54	10 58
GENÈVE-E.V. ...... arr	5 10	7 36	9 11	—	10 15	11 22
●ANNEMASSE ... (Bp) dép	5 3	matin —	—	matin 8 54	10 6	11 14
Archamps	5 27	—	—	»	10 32	»
ST-JULIEN-EN-GEN.	5 35	—	—	9 17	10 40	11 40
●BELLEGARDE ...... arr	6 19	—	—	9 49	11 15	midi 8
●BELLEGARDE ... (B) arr	matin 7 8	—	—	—	matin 11 43	soir 1 52
●LYON-PERRACHE ... (Bp) arr	10 13	—	—	—	4 5	4 34
●BELLEGARDE ... (B) dép	—	7 8	—	10 23	—	midi 56
PARIS .... (Bp) arr	—	6 10 soir	—	6 30 soir	—	10 15 soir

(Col. B, lower section: EXPRESS 1re 2e, matin.)

STATIONS	OMNIBUS 2.3.	OMNIBUS 1.2.3.	OMNIBUS 1.2.3.	EXPRESS 1re 2e 3e	EXPRESS 1re 2e	MIXTE 1re 2e 3e	OMNIBUS 1.2.3.
MILAN .... dép	matin 4 55	—	—	matin 8 »	—	matin 10 30	—
St-Maurice (I) .... dép	midi 5	—	—	4 47	—	8 45	—
LE BOUVERET ...... dép	11 57	—	—	4 33	—	8 36	—
St-Gingolph	midi 5	—	—	4 41	—	8 48	—
Meillerie	midi 15	—	—	4 50	—	9 1	—
Lugrin-Tour-Ronde	midi 24	—	—	4 58	—	9 12	—
Bains-d'Évian (h.)	midi 36	soir 3 11	—	5 10	soir 8 45	9 24	—
ÉVIAN-LES-BAINS (B) .. arr	midi 40	3 15	—	5 14	8 49	9 28	—
ÉVIAN-LES-BAINS (B) .. dép	midi 52	3 20	soir 6 57	5 23	8 55	—	9 41
Amphion-les-Blans (h)	midi 57	3 25	7 2	5 28	»	—	9 46
THONON-LES-BAINS	1 11	3 39	7 15	5 41	9 9	—	10 »
Allinges-Mésinges	1 21	3 49	7 25	5 51	»	—	10 12
Perrignier	1 27	3 55	7 31	5 57	»	—	10 19
Bons-St-Didier	1 36	4 5	7 42	6 6	9 27	—	10 30
Machilly	1 43	4 12	7 50	6 13	»	—	10 38
St-Cergues	1 50	4 19	7 57	6 19	»	—	10 45
●ANNEMASSE (Bp) .... arr	1 58	4 27	8 5	6 27	9 41	—	10 53
GENÈVE-E.V. ...... arr	2 23	5 8	8 28	6 48	10 1	—	11 13
●ANNEMASSE ... (Bp) dép	2 13	4 45	soir —	6 40	9 52	—	soir —
Archamps	2 39	5 12	—	7 3	»	—	—
ST-JULIEN-EN-GEN.	2 47	5 20	—	7 12	10 25	—	—
●BELLEGARDE ...... arr	3 24	5 57	—	7 50	10 58	—	—
●BELLEGARDE ... (B) arr	soir 3 48	soir 8 19	—	soir 8 19	—	—	—
●LYON-PERRACHE ... (Bp) arr	8 40	10 58	—	10 58	—	—	—
●BELLEGARDE ... (B) dép	3 48	—	—	—	11 26	—	—
PARIS .... (Bp) arr	6 10 matin	—	—	—	8 20 matin	—	—

Notes:
- EXPRESS 1re 2e (col. 3) — Lundi, mercr. et vendr., prolong. entre Bains-d'Évian et Annemasse du Savoie-Express, du 2 juill. au 24 sept. inclus. — Mardis, jeudis et dim. du 1er juil. au 19 sept. inc.
- EXPRESS LUXE — Lundis, mercr. et vendr., du 2 juill. au 24 sept. inclus.
- EXPRESS 1re 2e (col. 6) — Jusqu'au 19 sept. inc.
- EXPRESS 1re 2e (col. 11) — Du 11 juill. au 19 sept.
- OMNIBUS 1.2.3. (dernière col.) — Dimanches et fêtes.

Chemins de fer Paris-Lyon-Méditerranée

Cartes d'excursion individuelles et de famille, à prix très réduits, dans le Dauphiné, la Savoie, le Jura, l'Auvergne et les Cévennes.

CONDITIONS ESSENTIELLES DE DÉLIVRANCE DES CARTES D'EXCURSIONS

1° Cartes individuelles.

Les cartes de zones sont délivrées :

Du **15 juin** au **15 septembre** inclus, au départ de **toutes les gares** du réseau P.-L.-M.

Elles donnent droit à la libre circulation pendant **15 jours** ou **30 jours** sur toutes les lignes de la zone choisie, ainsi qu'à un voyage, **aller et retour**, avec **arrêt facultatif** aux gares intermédiaires, entre le point de départ et l'une quelconque des gares du périmètre de la zone ; lorsque ce voyage **aller et retour** excède **300 kilomètres**, les prix des cartes sont augmentés par kilomètre en plus, de **0,065** en 1re classe, **0,045** en 2e classe et **0,03** en 3e classe.

Le voyage aller et retour en dehors de la zone de libre circulation doit s'effectuer, soit par l'itinéraire le plus court au point de vue kilométrique, soit par l'itinéraire le plus court au point de vue de la rapidité des trains.

Enfants. — De 3 à 7 ans, les enfants sont admis à ne payer que la moitié du prix. Au-dessus de 7 ans, les enfants paient place entière.

Validité. — La durée de validité des cartes d'excursions ne comprend pas le jour du départ, à l'aller, ni celui de l'arrivée, au retour ; elle peut être prolongée d'une période égale à la durée primitive, moyennant le paiement :

a) Pour les cartes de 15 jours, d'un supplément égal à la différence entre les prix d'une carte de 30 jours et les prix d'une carte de 15 jours.

b) Pour les cartes de 30 jours, d'un supplément égal à 20 % du prix initial sans que la validité puisse, en aucun cas, dépasser le 16 octobre. Passé cette date, les cartes d'excursions et les coupons de retour sont considérés comme nuls et sans valeur.

2° Cartes de Famille.

Toute personne qui souscrit pendant les périodes indiquées plus haut et en même temps que la carte d'excursion qui lui est propre, une ou plusieurs cartes de même nature en faveur des membres de sa famille, femme ou mari, père, mère, enfant, grand-père, grand'mère, beau-père, belle-mère, gendre, belle-fille, frère, sœur, beau-frère, belle-sœur, oncle, tante, neveu, nièce et des serviteurs attachés à la famille, bénéficie des réductions ci-après sur les prix pleins des cartes d'excursions individuelles :

1re carte . . . prix pleins.	4e carte . . . . réduct. de 30 °/o
2e carte . . . réduction de 10 °/o	5e carte . . . . — 40 °/o
3e carte . . . — 20 °/o	6e carte et au delà — 50 °/o

Enfants. — Quel que soit le nombre des membres de la famille, il n'est accordé aux enfants de 3 à 7 ans aucune réduction supplémentaire, sur les prix des cartes individuelles qui leur sont délivrées à demi-tarif, comme il est dit ci-dessus.

Validité. — Les conditions de délivrance, de durée de validité et de prolongation sont les mêmes que celles fixées pour les cartes individuelles. Toutefois, le supplément à acquitter, pour la prolongation de validité des cartes de famille de 30 jours, est fixé uniformément, pour chaque carte, à 20 °/o du prix initial d'une carte individuelle de même classe.

Les cartes de famille doivent être souscrites au même moment, pour la même durée de validité et pour le même parcours. Elles peuvent être de classes différentes. Lorsqu'elles sont de classes différentes, le taux de réduction est appliqué dans l'ordre des classes en commençant par la plus élevée.

Les cartes (individuelles ou de famille) doivent être demandées : à Paris, **six heures** avant le départ du train; dans les autres gares, **3 jours** à l'avance.

Les demandes doivent être accompagnées du portrait photographié sur épreuve non collée de 0,03/0,02, de chacune des personnes au nom desquelles les cartes sont demandées.

AVIS IMPORTANT. — Les renseignements les plus complets sur les voyages circulaires (prix, conditions et itinéraires), ainsi que sur les billets simples et d'aller et retour, cartes d'abonnement, relations internationales, **horaires**, etc., sont renfermés dans le *Livre-Guide-Horaire P.-L.-M.* mis en vente au prix de **0 fr. 50** dans toutes les gares, les bureaux de ville et les bibliothèques des gares de la Compagnie. Cette publication contient avec de nombreuses illustrations des notices sur les points du réseau P.-L.-M. intéressants à visiter.

Chemins de fer Paris-Lyon-Méditerranée

STATIONS DESSERVIES PAR LE RÉSEAU **P.-L.-M.** :

Aix-les-Bains, Chatelguyon (Riom), **Evian-les-Bains, Genève, Menthon** (Lac d'Annecy), **Uriage** (Grenoble), **Royat** (Clermont–Ferrand), **Thonon-les-Bains, Vichy,** etc.

———

1° **Billets d'aller et retour collectifs (de famille),** 1re, 2e et 3e classes, valables 33 jours avec faculté de prolongation, délivrés du 1er mai au 15 octobre, dans toutes les gares du réseau P.-L.-M., aux familles d'au moins trois personnes voyageant ensemble.

Minimum de parcours simple : 150 kilomètres.

Prix : les deux premières paient le tarif général, la troisième personne bénéficie d'une réduction de 50 o/o, la quatrième et les suivantes d'une réduction de 75 o/o.

Arrêts facultatifs aux gares de l'itinéraire.

Demander les billets quatre jours à l'avance à la gare du départ.

NOTA. — Il peut être délivré à un ou plusieurs des voyageurs inscrits sur un billet collectif de stations thermales et en même temps que ce billet, une carte d'identité sur la présentation de laquelle le titulaire sera admis à voyager isolément (sans arrêt) à moitié prix du tarif général, pendant la durée de la villégiature de la famille, entre le point de départ et le lieu de destination mentionné sur le billet collectif.

Chemins de fer Paris-Lyon-Méditerranée.

Billets d'aller et retour de séjour, de Paris à Evian-les-Bains, Genève-Cornavin et Thonon-les-Bains

(sans réciprocité).

Valables 60 jours, délivrés du 1ᵉʳ avril au 15 octobre 1909. Arrêts facultatifs aux gares situées sur le parcours.

De Paris aux gares ci-dessous sans réciprocité :

Evian-les-Bains (par Dijon, Culoz, Annemasse) : 1ʳᵉ classe, 120 francs ; 2ᵉ classe, 92 francs ; 3ᵉ classe, 60 francs.

Genève-Cornavin (par Dijon, Mâcon, Culoz) : 1ʳᵉ classe, 112 francs ; 2ᵉ classe, 85 francs ; 3ᵉ classe, 56 francs.

Thonon-les-Bains (par, Dijon, Mâcon, Culoz, Annemasse) : 1ʳᵉ classe, 119 francs ; 2ᵉ classe, 90 francs ; 3ᵉ classe, 59 francs.

Billets directs simples de Paris à Royat et à Vichy.

La voie la plus courte et la plus rapide pour se rendre de Paris à Royat est la voie **Nevers-Clermont-Ferrand.**

De Paris à Royat : 1ʳᵉ cl., 47 fr. 70 ; 2ᵉ cl., 32 fr. 20 ; 3ᵉ cl., 21 francs.

De Paris à Vichy : 1ʳᵉ cl., 40 fr. 90 ; 2ᵉ cl., 27 fr. 60 ; 3ᵉ cl., 18 francs.

Compagnie du Chemin de Fer d'Orléans
CENTRE ET AUVERGNE
Régions comprises entre la Loire et la Garonne. Stations thermales d'Auvergne, le Cantal, Rocamadour, Gouffre de Padirac, Grottes de Lacave, etc.

Combinaisons permettant spécialement de se rendre dans une localité pour y faire un certain séjour.

A. — POUR LES PERSONNES VOYAGEANT ISOLÉMENT

Billets d'aller et retour individuels de toutes classes pour les stations thermales.

Ces billets sont délivrés, du *1er juin au 30 septembre*, à toutes les gares ou stations du réseau pour les stations de :

La Bourboule. le Mont-Dore, Royat, Vic-sur-Cère, Cransac. le Lioran et Chamblet-Néris (Néris-les-Bains).

Validité : 10 jours. non compris les jours de départ et d'arrivée, avec faculté de prolongation de 5 jours moyennant un supplément de 10 % du prix total du billet d'aller et retour.

A titre d'essai, les billets à destination de la Bourboule, du Mont-Dore, de Cransac et de Chamblet-Néris délivrés du 15 août au 30 septembre 1900, sont valables 21 jours, non compris les jours de départ et d'arrivée. Cette validité n'est pas susceptible de prolongation.

Réduction : 25 % en 1re classe, 20 % en 2e et 3e classes, sur le double du prix des billets simples.

B. — POUR LES FAMILLES DE TROIS PERSONNES AU MOINS

1° A dater du jeudi qui précède la fête des Rameaux jusqu'au 25 juin : *Billets de Printemps.*

Réduction des aller et retour pour les 3 premières personnes ; 50 % pour la 4e sur le prix des billets simples ; 75 % à partir de la 5e.

Validité : 33 jours avec faculté de prolongation d'un mois, moyennant supplément.

Faculté d'arrêt à tous les points du parcours.

2° A dater du 25 juin, *Billets d'Été.*

Mêmes réductions que ci-dessus.

Validité jusqu'au 5 novembre, sans supplément.

Faculté d'arrêt à tous les points du parcours

Voyage collectif obligatoire pour 3 personnes seulement de la famille.

Bains et environs

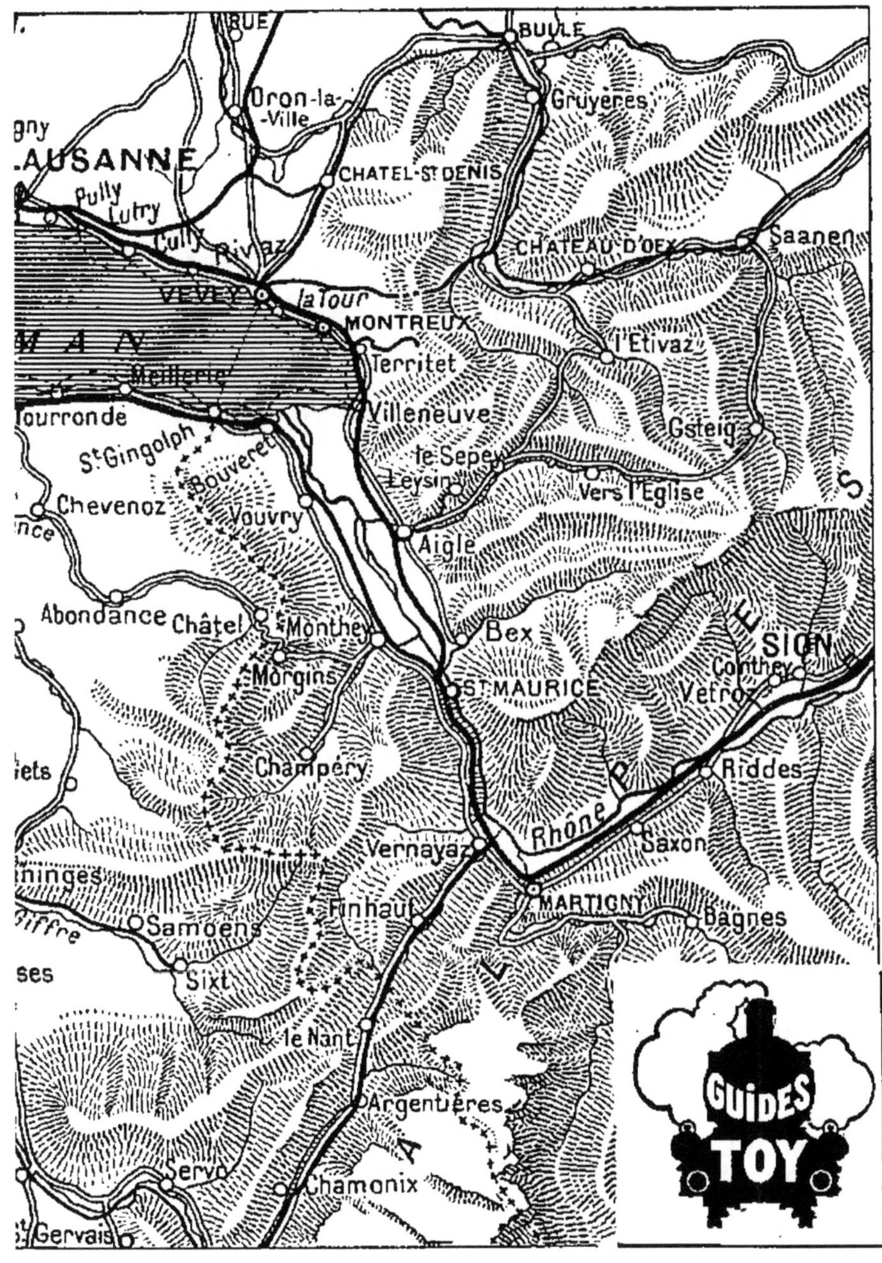

Cl. Rochat

Établissement Thermal.

Evian à Neuvecelle (aller et retour 3 kil.). — Chemin par le *Splendide Hôtel*. Châtaignier de 12 m. de tour. Château où habita Montalembert.

A bicyclette

Mêmes promenades que ci-dessus. En plus :

Evian à Meillerie (aller et retour 21 kil.). — Route par *Grande-Rive* et *Tour-Ronde et Lugrin*. Admirable vue sur le lac. C'est de Meillerie qu'on tire les célèbres pierres dures dont sont chargées tant de grandes barques rencontrées au large du Léman. Eglise avec clocher du XIIIe siècle.

Evian à Féternes (aller et retour 15 kil.). — Route par *Champanges et Thièze*. Visiter la *Grotte des Fées*.

Evian au Pont-du-Diable (aller et retour 50 kil.). — Chemin par *Thonon*. Célèbres gorges de la Dranse. Galerie pratiquée en vue spéciale de la visite. (Entrée : 1 franc.)

Evian à Saint-Gringolph (aller et retour 35 kil.). — Route par *Grande-Rive, Tour-Ronde, Lugrin*. Frontière suisse limitée par la rivière *La Morge;* à proximité, très profondes grottes à visiter.

En voiture et en automobile

Toutes les promenades ci-dessus. En plus celles indiquées à notre tableau pages 9 et 11.

Excursions et Ascensions

Evian à Larringes (château de) (aller et retour 11 kil.), altitude 802 m. — Superbe château à tours crénelées. Magnifique panorama.

Evian au pic de Mêmise, altitude 1,682 m. — Par *Thonon* et le *col du Perthuis;* du Perthuis à Mêmise, ascension d'environ 2 h. 1/2. Du *col du Perthuis* au *mont César*, autre ascension de 45 minutes.

Evian à Saint-Paul (aller et retour 20 kil.), altitude 839 m. — Route par *Neuvecelle* et *Forchex*. Visiter l'église Panorama de grande beauté sur la *Dent d'Oche*, le *mont César* et le *lac Léman*.

Evian aux Allinges (aller et retour 3o kil.), altitude 712 m. — Chemin par *Thonon, Noyer* et *Mâcheron*. Traces d'un château fort du x° siècle. Intéressante chapelle Saint-François de Salles avec reliquaire. Belle vue sur le lac.

Evian à Bernex (aller et retour 28 kil.), altitude 95o m. — Aux pieds de la *Dent d'Oche*. Centre de nombreuses petites excursions.

Evian à Thollon (aller et retour 23 kil.), altitude 920 m. — Route par *Montigny, les Crêtes* et *chez Cachat*. Retour par *Lugrin*.

Evian à Vinzier (aller et retour 28 kil.), altitude 915 m. — Route par *Poëse*. Vue remarquable sur la *Dent d'Oche*.

Evian au Mont Bénant, altitude 1,413 mètres. — Route par *Thollon* et le *col de Creuzat*. Magnifique panorama sur la *Dent d'Oche* et les *Alpes Bernoises*.

Cl. Rochat

Splendid Hôtel.

Evian à Novel (aller et retour 45 kil.), altitude 975 m. — Chemin par *Saint-Gringolph*. Au fond d'une belle vallée dominée par la *Dent d'Oche*, le *Pic de Borée*, etc.

Evian à Saint-Jean-d'Aulph (aller et retour 62 kil.), altitude 815 m. — Route par *Thonon*. Ruines d'une ancienne abbaye fondée vers 1094 ; lieu d'un pèlerinage annuel.

Évian à la Dent d'Oche, altitude 2,434 m. — Chemin par *Saint-Paul, Bernex* (rive droite de l'Ugine). De *Bernex à la Dent d'Oche* (4 heures environ) par les *chalets d'Oche.* — Autre excursion de 3 heures des *chalets d'Oche* à la *Petite Dent d'Oche,* altitude 2,200 m. Admirable vue sur les *Alpes du Valais, le mont Rose, le Cervin, le Jura, le Dauphiné,* etc.

Evian à Abondance (aller et retour 66 kil.), altitude 930 m. — Route par *Saint-Paul, Vinzier, Feu Courbe;* curieuse église du xii° siècle. D'*Abondance,* on fera les ascensions du *mont Chauffé,* altitude 2,100 m. (en 4 h. 30 environ), de la *pointe de Grange,* altitude 2,438 m. (en 5 heures); des *cols de l'Equellaz* (en 4 heures); de *Brion* (en 4 h. 1/2); de *Tavaneuse* (en 5 heures).

Evian au Pic de Borée, altitude 1,980 m. — Chemin par *Thollon, Lajoux* et les *chalets de Mêmise* (une journée environ). Panorama sur toute la chaîne du *Mont Blanc.*

Evian au pic du Blanchard, altitude 1,415 m. — Route par *Novel* et les *chalets de Blanchard* (De Novel au Pic en 4 heures). Vue sur le *Léman.*

Evian au Mont Billiat, altitude 1,901 m. — Chemin par *Jotty, chalets des Recards, les Granges, Mévonc.* Merveilleux panorama sur les *Alpes suisses* et *le Mont Blanc.*

Evian aux Voirons, altitude 1,486 m. — Route par *Saint-Didier, Bons, les Charmottes, Marclay, Saxel, Clavel.* Belle vue sur *le Jura, le Léman* et *le Mont Blanc* (8 heures environ).

Evian au Salève, altitude 1,383 m. — Chemin par *Etrembières, les Treize-Arbres.* Admirable vue sur *Genève, le Mont Blanc, le Jura* et *le Léman.*

ÉVIAN ET SES ENVIRONS

Historique.

Évian était déjà connue du temps des Romains et Jules César lui-même paraît y avoir laissé des traces de son passage.

D'une époque plus récente sont les cinq tours assez bien conservées qui subsistent encore d'un château fort élevé au XIIIe siècle.

Cl. Rochat

Vieux Remparts.

Évian, sous divers règnes, eut à soutenir de pénibles sièges, entre autres sous Charles Emmanuel, en 1591, et sous Louis XIV, en 1690 et en 1704.

Plus tard, de 1743 à 1748, les troupes espagnoles vinrent mettre la ville à feu et à sang. L'occupation espagnole dura près de cinq années.

Évian devint ville française en 1792 ; puis, par suite du traité de Vienne, elle redevint piémontaise en 1815. La Maison de Savoie la conserve jusqu'en 1860, époque à laquelle elle est définitivement réunie à la France par suite de l'annexion de la Savoie.

Climat, situation.

La merveilleuse situation d'Évian, assise au bord du lac Léman, dans une position exceptionnelle, en fait l'une des villes les plus fréquentées durant la saison estivale. Le voyageur, à peine débarqué, est attiré malgré lui vers les magnifiques promenades ombragées qui s'étalent sur la rive même du grand lac et d'où la vue s'étend vers les montagnes suisses, par delà les eaux bleues sur lesquelles voguent les grandes barques aux voiles déployées dans une luminosité qui rappelle celle, si intense, du golfe de Gascogne.

Que de littérateurs de tous pays ont été inspirés par Evian, par son lac!... Nous empruntons à M. Alexis Bachellerie les vers suivants :

> Au sein d'un pays enchanté
> Dont l'atmosphère vous enivre,
> Où tout parle d'aimer, de vivre,
> C'est Evian, reine de beauté.
>
> . . . .
> Voulant t'orner de dons royaux
> Et te parer comme une reine,
> Dieu, dans sa bonté souveraine,
> Sertit lui-même tes joyaux :
> Du soleil fondant les couleurs,
> Il dora le jus de tes treilles
> Et fit, par des faveurs pareilles,
> Avec ses étoiles tes fleurs.
>
> . . . .

L'altitude est de 385 mètres. L'hiver, la température s'abaisse rarement à 5° au-dessous de zéro ; celle de l'été est douce et sans excès de chaleur, grâce aux brises rafraîchissantes du lac. Heureuse par sa situation, heureuse par son climat, Evian devait rendre .. heureux tous ceux qui y sont attirés par le traitement des eaux minérales ou par ce centre important de tourisme : sans réserve aucune Evian tient toutes ses promesses et ceci nous explique la vogne sans cesse croissante de la plus coquette et de la plus gracieuse des stations françaises du lac Léman.

La Ville.

D'un peu plus de 3,000 habitants durant l'hiver et le printemps, la population d'Evian s'accroît considérablement dès les premiers jours de juin. La construction récente de plusieurs grands hôtels, véritables palais, démontre surabondamment l'extension de la station.

L'arrivée à Évian, soit qu'elle s'opère par le chemin de fer, soit qu'elle ait lieu par les bateaux de la Compagnie du lac Léman, donne immédiatement aux voyageurs l'impression très nette d'une station thermale en pleine prospérité, d'une ville propre, élégante et saine, au grand air pur et vivifiant. Dès sa sortie de la gare, le voyageur s'engage dans

Sur le Léman.

une large avenue ombragée qui domine le lac et qui aboutit à l'artère principale de la ville : la rue Nationale ; longue de plus de 600 mètres, soigneusement asphaltée, la rue Nationale traverse la ville de l'ouest à l'est ; parallèlement à la rue Nationale, une autre voie principale le quai Baron-de-Blonay, suit le lac en bordure immédiate. Ces deux plus importantes voies d'Evian, la rue Nationale et le quai Baron-de-Blonay sont reliées entre elles par plusieurs petites et propres rues, de sorte que le promeneur n'a que l'embarras du choix pour se rendre de l'une à l'autre

C'est dans la rue Nationale, tout près de la poste et de l'hôtel de ville, que s'élève le palais de la Société des Eaux et source Cachat, magnifique immeuble qui fait honneur à ceux qui l'ont conçu et à ceux qui l'ont exécuté. Du rez-de-chaussée, un bel escalier conduit à la grande salle du premier étage et à la buvette Cachat où, durant la saison, toute la colonie étrangère se donne rendez-vous à « l'heure du verre d'eau », pour « potiner » et organiser les excursions de l'après-midi.

L'Hôtel de Ville, rue Nationale, voisine avec le Palais de la source Cachat. Voir les fenêtres du xv° siècle, les souvenirs du général Dupas et, dans le jardin, deux des anciennes tours de l'époque fortifiée (xv° siècle) et la curieuse porte de l'ancien hôtel de ville.

Continuant la rue Nationale jusqu'à son extrémité Est, on arrive à l'avenue du Port; à droite l'entrée du magnifique parc du Grand Hôtel d'Evian, l'un des mieux situés, en bordure sur le lac Léman.

Voici, sur la place du Port, l'embarcadère des bateaux à vapeur du lac qui conduiront le touriste vers l'une ou l'autre des stations indiquées à notre tableau spécial des ports du lac (page 25). A droite, le jardin public, aux frais ombrages qui tamisent la lumière et font plus reposante la vue des eaux bleues du grand Léman. A gauche s'ouvre le quai Baron-de-Blonay qui, sur une étendue de plus de 1,300 mètres, enserre la rive du lac. La promenade est ombragée par une double rangée de platanes.

Sur le quai Baron-de-Blonay s'élèvent plusieurs grands hôtels, le grand Établissement des Bains, le Casino, le Théâtre, et de gracieuses villas.

Vers l'extrémité du quai une petite rue perpendiculaire conduit à l'église paroissiale, monument historique du xiv⁰ siècle. Tour et clocheton en forme de campanile. Remarquer : dans le chœur, une fenêtre ogivale du xvi⁰ siècle, les voûtes des nefs et les piliers qui les supportent. Curieuse

Source Cachat (Entrée de la rue Nationale).

chapelle de Notre-Dame de Grâce (xv⁰ siècle). Saint François de Sales prêcha du haut de la chaire de cette chapelle. Statue de vierge en bois du xv⁰ siècle ; baptistère en bois sculpté.

En continuation du quai, la place de la Porte d'Allinges et l'avenue du Général-Dupas avec la statue du général du même nom dans un square nouvellement dessiné. Tout près, sur la place, la maison natale du général Dupas, l'une des gloires du premier Empire.

Sur les coteaux du haut Évian, où s'étend la ville, se trouvent les grands hôtels « Splendid » et « Royal » et « l'Ermitage », maison de cure. Ces établissements hôtels sont reliés à la buvette Cachat par un chemin de fer électrique.

Le Port. — Les Jardins.

Les abords du port d'Évian offrent, durant la saison, un coup d'œil charmant; on s'y donne rendez-vous pour l'arrivée des bateaux, soit en descendant de la buvette, soit en se rendant à l'Etablissement thermal. Les claires et pimpantes toilettes des baigneuses jettent là, dans ce cadre charmant, leur note de gaîté, durant que chacun admire, hume la brise du lac et... rêve.

La grande jetée, qui date de 1825, abrite le port des vents du large. C'est en 1873 que le port fut entièrement terminé.

Deux débarcadères spéciaux ont été construits pour l'abordage des bateaux de la navigation de plaisance; l'un de ces débarcadères se trouve en face du casino et l'autre près du jardin anglais.

Le grand jardin public est à proximité du port, en allant à l'est de la ville. A la porte du jardin a été construit le phare : superbe et très étendue vue sur Evian. Dans ce même jardin anglais, monument du prince Grégoire Bassaraba de Bracovan, créateur de la Société nautique.

Les autres jardins publics sont à l'extrémité opposée de la ville: l'un, avenue du Général-Dupas; l'autre, avenue de la gare. De création plus récente, la végétation y est forcément moins puissante.

Le Casino. — Le Théâtre.

Le Casino municipal s'élève quai du Baron-de-Blonay, face au Léman, Construit sur l'emplacement de l'ancien manoir de la baronnie de Blonay, le Casino, entouré de jardins, offre aux étrangers toutes les ressources et distractions possibles : cercle des étrangers, salle de jeux, salons de lecture et de conversation. Fêtes de nuit, grands bals et bals d'enfants, guignol lyonnais, etc. (Voir page 23 les conditions d'entrée au Casino et au Théâtre.)

Le Théâtre est à proximité du Casino et relié à ce dernier établissement par un passage particulier. Très jolie salle pouvant contenir 500 spectateurs. On y joue à tour de rôle, de l'opéra, de l'opérette, de la comédie et du vaudeville; les meilleurs artistes parisiens sont engagés chaque année. Brillant orchestre de soixante musiciens.

Les Eaux d'Évian.

Les eaux sont bicarbonatées, calciques et magnésiennes, très légèrement alcalines. D'une saveur agréable, elles sont incolores, inodores et absolument inaltérables. Température 12°.

La Buvette Cachat.

Les sources principales sont les suivantes : Cachat, Bonnevie, Guillot, Cordeliers et Clermont.

La source la plus renommée, la vraie fortune de la station, est celle de *Cachat*, actuellement connue du monde entier et découverte en 1790. D'une fraîcheur et d'une limpidité sans égales, la source Cachat est légère et extra-digestive.

Jules Simon dit que c'est « l'eau de table par excellence ».

La source Cachat ainsi que les sources *Bonnevie* et *Guillot* appartiennent à la Société des Eaux minérales d'Evian. Les sources municipales des « Cordeliers » et de « Clermont » sont également exploitées par la Société des Eaux, qui en a le fermage.

Les Eaux d'Evian combattent efficacement la goutte chronique, les affections des voie digestives, urinaires, du rein, du foie et de l'appareil biliaire.

Entrée de la buvette : Palais Cachat, rue Nationale.

La manutention des eaux est située avenue des Sources, près de la buvette.

La Société des Eaux d'Evian vient de faire construire sur les terrains de la ligne P.-L.-M. d'immenses et nouveaux magasins de dépôt et d'expéditions qui démontrent l'extension toujours croissante des affaires de l'importante source Cachat.

Établissement Thermal.

Sa construction date de 1902. Il s'élève sur le quai du Baron-de-Blonay et est la propriété de la Société des Eaux d'Evian. Installation des plus modernes et des plus complètes permettant de donner jusqu'à 1,200 traitements par jour. Appareils de mécanothérapie et d'électrothérapie, massage, français, gymnastique et massage suédois. (Voir tarif pages 17, 19 et 21.)

Le Lac.

Le lac Léman sur la rive gauche duquel est construite Evian, a puissamment contribué au succès de la charmante station. Sa superficie est de 578 kilomètres carrés et sa plus grande largeur, environ 13 kilomètres, va d'Amphion (à 4 kilomètres d'Evian) à Morges. La plus grande profondeur constatée est de 311 mètres, entre Evian et Ouchy.

On s'y livre avec les plus grandes facilités au joli sport de la navigation automobile, et de très sûrs canots sont à la disposition des amateurs.

Le Rhône traverse le Léman avec point d'entrée près de Bouveret pour sortir à l'autre extrémité, à Genève, après avoir alimenté le lac, à raison de douze mille mètres cubes par minute.

Square de la source Cachat.

Les promenades sur le lac constituent l'une des principales distractions d'Evian. Tant sur la rive française que sur la rive suisse les éléments d'excursion abondent, on emploiera pour s'y rendre les bateaux à vapeur de la Compagnie du lac Léman ou les embarcations de plaisance. (Voir page 25 les tarifs spéciaux.)

Les villes du Lac.

Lausanne. — Grande et belle ville de 52,000 habitants, altitude 494 mètres; l'un des points du

Léman où les baigneurs d'Evian aiment le mieux à se rendre. Bateaux directs et fréquents pendant la saison.

(Consulter à cet égard notre horaire spécial des bateaux pages 57, 58 et 59.)

La ville de Lausanne, en amphithéâtre sur trois larges collines distinctes, est dominée par sa cathédrale et son château.

Nombreux hôtels parfaitement tenus. Tramways desservant tous les quartiers et les environs les plus immédiats.

Très pittoresque d'aspect, cette ville est curieusement construite sur trois collines séparées par deux vallées qu'arrosent le *Flon* et la *Louve* maintenant couverts de voûtes. De louables efforts ont été faits ces dernières années pour embellir Lausanne, mais la vieille ville, avec ses rues montueuses, ses escaliers, ses étroites ruelles, gardera encore longtemps sa physionomie et son inégalité. Les deux collines sont reliées par le *Grand-Pont* ou *Pont-Pichard*, du nom de son architecte; il date de 1844; il avait, avant qu'on ait comblé les vallées du Flon, trois rangées d'arcades superposées qui lui donnaient fort grand air. Les principaux édifices de Lausanne sont : la *Cathédrale*, édifiée de 1235 à 1275 en gothique primitif, qui est certes le plus beau monument de la ville. Viollet-le-Duc en fit en 1875 les plans de restauration, que l'on a depuis entièrement exécutés. Un escalier de 160 marches y monte de la place de *la Palud*. L'intérieur en est remarquable par l'harmonie des proportions; les stalles, le chœur et la rosace font l'admiration de tous les artistes. Une flèche haute de 65 mètres a été élevée sur la croisée en 1874. Divers monuments parent la nef et les chapelles latérales, ce sont : les tombeaux d'Othon de Grandson, de l'évêque G. de Menthonex, de A^me H. Strasford-Coming, de la princesse russe Orloff, la duchesse Caroline de Courlande, etc. Une plaque scellée dans le mur rappelle le major Davel, décapité pour avoir voulu délivrer le pays de Vaud

de la domination bernoise. C'est en 1536 qu'eut lieu dans cette église la dispute religieuse qui motiva le transfert de l'évêque de Fribourg et l'établissement de la Réforme dans le pays de Vaud. On jouit de *la terrasse* (529 m.) d'une vue fort belle sur le pays. La cathédrale est visible tous les jours, sauf le dimanche,

Lausanne. — Vue générale.

de 9 à 4 h. Par la rue de la Cité, devant, on peut aller visiter le *Château*, siège des autorités. Sur la place de la *Riponne* est le *Musée Arlaud* (gratuit, ouvert mercredis et samedis de 10 à 4 h., et dimanches de 11 à 2 h.), renfermant de très belles peintures de Gleyre, du Dominiquin, de Bocion, Koller, Anker, Calame, Diday, Van Muyden, Burnand, etc., etc. Signalons la *Nouvelle Université* en construction au pied de la cathédrale ; le *Musée Cantonal* (situé dans le bâtiment de l'Académie), ouvert mercredis et samedis de 10 h. à midi et de 1 à 4 h., et dimanches de 11 h. à midi et de 1 à 3 h.) ; le temple *Saint-François*, en style Renaissance ; le *Musée indus-*

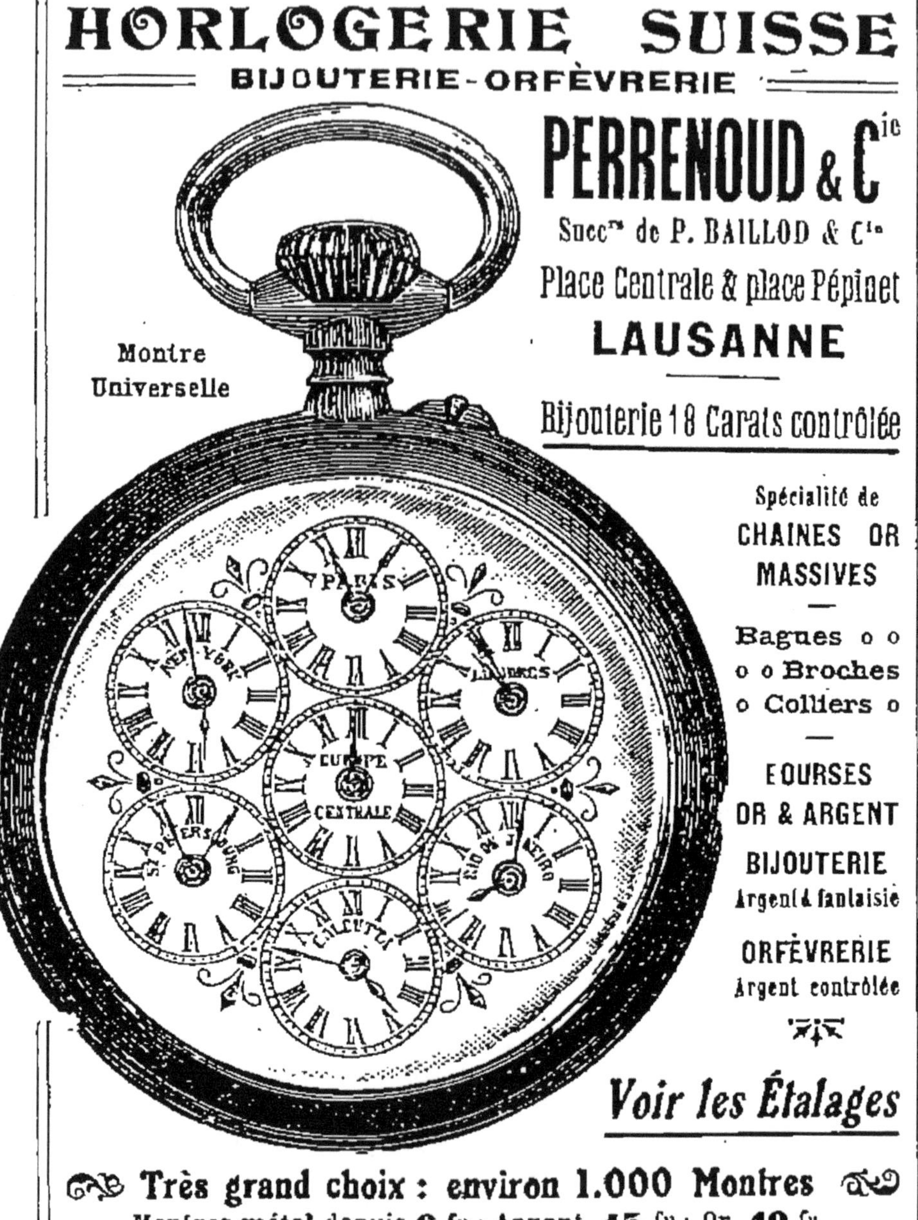
Montre
Universelle

triel, le *Théâtre*, près de la gare ; la *Bibliothèque de la ville*, l'*Asile des Aveugles*, la jolie promenade de *Montbenon* avec vue sur le lac ; c'est là que s'élève le *Tribunal fédéral*, en style Renaissance.

Les *environs de Lausanne* sont couverts de villas et de grands bois ombreux. Un des plus jolis buts de promenade est le *Signal* et Bois de Sauvabelin (647 m.), on y va en partant de la place Saint-François (tramway jusqu'à la rue de l'Industrie où

Cliché Toy.

Ouchy-Lausanne. — Le Port.

se trouve la station du funiculaire du Signal), trajet aller et retour en 10 minutes (o fr. 40). La vue de Sauvabelin sur le lac et les Alpes vaudoises et valaisannes est renommée ; on aperçoit en particulier le *Grand Muvéran*, les *Diablerets*, la *Dent de Morcles*, la *Dent du Midi*, etc. (Pavillon-restaurant au Signal, hôtel-pension du « Village Suisse » au bois de Sauvabelin.) Course à *Saint-Sulpice*, 7 kil., ancienne abbaye de l'ordre de Cîteaux ; on s'y rend par la rue du *Grand-Chêne* et la route de *Vidi* (emplacement d'une ancienne cité romaine), après avoir passé le Flon (1 h. 3/4). A la Tour de Gourze, ruine du

xv° siècle, par la route de Belmont, vue incomparable; *Bercher*, 24 kil. par la voie étroite qui passe à ECHALLENS, gentille petite ville de 1,040 hab. (avec un ancien château). La gare se trouve près la place du Chauderon, trajet en 1 h. 20 (prix : 2 fr. 60 et 2 fr. ; aller et retour, 4 fr. 20 et 3 fr. 30).

De *Lausanne*, le train passe à *Lutry*, ville de 2,600 hab. Au milieu des vignobles : *Cully*, bourg de 1,200 hab., l'ancien *Coclium* des Romains.

Montreux. — Vue générale.

Au pied du MONT DE GOURZE, excursion à la TOUR DE GOURZE (hôtels); près de là, le petit lac de Bret, qui fournit l'eau à la ville de Lausanne (*Voir à Cully*, le monument du major Davel, mort en 1723 pour l'indépendance du pays de Vaud). Épars dans les vignes, autour de *Cully*, sont les villages de *Chenaux*, *Epeisses*, *Grandvaux*, *Riez* et la *Tour de Marsens*; plus loin, sur les hauteurs, *Chexbres*, *Rivaz*, *Saint-Saphorin*.

La ville est construite en amphithéâtre sur trois collines distinctes.

Visiter : l'*Église Saint-François*, du xv° siècle ; l'*Hôtel*

de Ville (xv° siècle); la *Fontaine* dite de *la Justice* (xvi° siècle); le *Château,* élevé sur une belle terrasse; la *Cathédrale de Notre-Dame* (xii° et xiii° siècles).

Vevey. — Coquette station de 12,000 habitants. Luxuriante végétation. Climat doux permettant au figuier, au grenadier et au laurier d'y prospérer en pleine terre. Jolis quais.

Voir : le *Château de l'Aile;* l'*église Saint-Martin* (xv° siècle) : beau portail, tombeaux; *Musée Jenish :* souvenirs du vieux Vevey (le « Carnavalet » de l'endroit); l'*Hôtel de Ville.* Centre d'excursions.

Montreux. — Agglomération des villages de Charne, les Avants, Brent, Chailly, Favel, Planches, Sales, Gilet, Territet, etc. La population va chaque jour s'augmentant grâce au climat renommé pour sa douceur. On y séjourne surtout au printemps, à l'automne et l'hiver.

Voir : la *vieille église,* style roman.

Excursions à *Glion,* par funiculaire (692 mètres); à *Naye,* par crémaillère; aux *Rochers de Naye,* (2,045 mètres), l'un des plus impressionnants panoramas sur toute la région.

Chillon. — Célèbre *château* dont les tours plongent à pic dans le Léman. Remonte à l'an 1000.

Nyon. — Jolie petite ville de 4,850 habitants. *Château* du xiv° siècle; *Château de Prangins,* où résidèrent l'impératrice Joséphine et Jérôme Napoléon.

Thonon et Amphion. — (Voir page 29.)

Genève (120,000 hab.). — Il en est de même pour Genève que pour Lausanne : pas un baigneur ne quittera Evian sans aller passer quelques bonnes heures dans la plus grande et la plus séduisante des villes suisses.

La description des points curieux à visiter à Genève demanderait un ouvrage entier du cadre même de celui d'Evian; nous ne pouvons donc mieux faire que de conseiller à nos lecteurs de se procurer, dès en arrivant, la brochure illustrée : « *Huit jours à Genève* », délivrée gratuitement au *Bureau des Renseignements officiels,* 3, place des Bergues, à Genève.

SERVICE DU 1er MAI AU 30 SEPTEMBRE 1909

BOUVERET-GENÈVE

BATEAUX DE LA Cie Gle DU LAC LÉMAN — BATEAUX DE LA Cie Gle DU LAC LÉMAN

Heure de l'Europe centrale en avance de 55 minutes sur l'heure de Paris.

STATIONS	1	27	DIRECT 45	EXPRESS 5	7	DIRECT 29	DIRECT 9	35	EXPRESS 13	DIRECT 41	15	DIRECT 51	55	17
		matin		matin	matin	matin	(B)	soir	soir	soir	soir	soir		soir
BOUVERET ……dép.	—	—	—	7 50	9 35	10 30	midi 35	2 35	2 40	4 15	4 25	5 »	—	5 50
Saint-Gingolph { Suisse	—	6 43	(A)	8 3	9 48	10 40	»	2 48	»	4 25	»	»	—	»
Saint-Gingolph { France	matin		matin											
Villeneuve	6 30	↓	7 12	8 30	10 13	↓	midi 55	↓	3 »	↓	4 45	5 20	—	6 10
Territet	6 39	↓	7 21	8 40	10 24	↓	1 4	↓	3 10	↓	4 55	5 30	—	6 20
Montreux	6 46	↓	7 25	8 48	10 32	↓	1 11	↓	3 17	↓	5 2	5 37	—	6 27
Clarens	6 51	↓	7 33	8 53	10 37	↓	1 16	↓	3 25	↓	5 7	»	—	6 32
VEVEY { La Tour	7 5	↓	7 47	9 8	10 53	↓	1 30	↓	3 42	↓	5 22	»	—	6 48
VEVEY { Marche	7 10	↓	7 52	9 13	10 58	↓	1 35	↓	3 47	↓	5 27	5 57	—	6 53
VEVEY { Grand Hôtel	7 15	↓	»	»	11 3	↓	»	↓	3 52	↓	5 32	»	—	6 58
Meillerie	»	7 5	»	»	»	»	»	3 9	»	↓	»	»	—	»
Tourronde	»	7 20	»	»	»	11 15	»	3 24	»	↓	»	»	—	»
Ouchy-Lausanne { arr.	8 4	»	8 32	10 »	11 55	»	2 15	»	4 45	↓	6 28	6 40	soir	7 55
Ouchy-Lausanne { dép.	8 7	»	8 37	10 5	midi »	»	2 20	»	4 50	↓	6 33	6 45	6 43	8 »
Morges	8 37	»	»	»	midi 30	»	»	»	»	↓	7 1	↓	»	»
EVIAN-LES-BAINS	»	7 48	↓	10 40	»	11 30	↓	3 40	5 25	5 15	»	↓	7 18	8 35
Amphion	»	7 58	↓	»	»	11 40	↓	3 51	»	soir	»	↓	»	soir
THONON-LES-BAINS	»	8 26	↓	11 15	»	midi 5	↓	4 20	6 »	—	»	↓	7 55	—
Rolle	9 20	»	↓	»	1 12	—	—	»	»	—	7 39	↓	—	—
Nyon	9 53	»	↓	midi 5	1 45	—	3 40	5 40	6 50	—	8 8	↓	—	—
Coppet	10 23	»	↓	»	2 15	—	»	»	7 15	—	»	↓	—	—
GENÈVE { Pâquis	11 7	10 47	↓	»	»	—	»	7 12	»	—	9 2	8 42	—	—
GENÈVE { Jardin anglais	11 10	10 50	↓	»	»	—	»	7 15	»	—	9 5	8 45	—	—
GENÈVE { Q. du Mont-Blanc	—	—	10 37	1 »	3 5	—	4 35	—	8 »	—	—	—	—	—
	matin	matin	matin	soir	soir	soir	soir	soir	soir	soir	soir	soir		soir

(A) Du 1er juin au 20 septembre au soir. — (B) Dès le 1er juin.

SERVICE DU 1ᵉʳ MAI AU 30 SEPTEMBRE 1909

BATEAUX — DE LA Cⁱᵉ Gⁱᵉ DU LAC LÉMAN

GENÈVE-BOUVERET

BATEAUX — DE LA Cⁱᵉ Gⁱᵉ DU LAC LÉMAN

Heure de l'Europe centrale en avance de 55 minutes sur l'heure de Paris.

STATIONS	2	48	4	20	DIRECT 6 (B)	EXPRESS 8	DIRECT 50	10	DIRECT 58	32	EXPRESS 12	26	16	DIRECT 18 (A)	38
			matin	matin	matin	matin	restr	matin			soir	soir	soir	soir	soir
GENÈVE { Q. du Mont-Blanc	—	—	—	—	—	9 15	11 40	—	—	—	1 25	—	—	5 10	—
GENÈVE { Jardin anglais	—	—	6 30	6 35	7 50	»	↓	11 »	—	—	»	2 »	3 »	»	5 15
GENÈVE { Pâquis	—	—	6 33	6 38	7 53	»	↓	11 3	—	—	»	2 3	3 3	»	5 18
Coppet	—	—	7 13	»	»	»	↓	11 45	—	—	»	»	3 47	»	»
Nyon	—	—	7 40	»	8 45	10 10	↓	midi10	—	—	2 22	3 30	4 16	6 5	»
Rolle	—	—	8 12	»	9 15	»	↓	midi42	soir	—	»	»	4 51	6 35	»
THONON-LES-BAINS	—	—	»	8 56	»	11 5	↓	»	1 35	—	3 15	4 45	»	»	7 30
Amphion	matin	matin	»	9 20	»	»	↓	»	»	soir	»	5 15	»	»	»
EVIAN-LES-BAINS	6 20	7 44	»	10 45	»	11 40	↓	»	2 15	2 55	3 50	5 30	»	»	8 5
Morges	»	»	8 55	»	9 52	»	↓	1 25	»	»	»	»	5 37	7 12	»
Ouchy-Lausanne { arr.	6 55	8 20	9 25	»	10 25	midi15	1 40	1 55	2 50	»	4 25	»	6 10	7 40	8 40
Ouchy-Lausanne { dép.	7 20	8 30	9 30	»	10 30	midi20	1 45	2 »	3 »	»	4 30	»	6 15	7 45	soir
Tourronde	»	»	»	11 »	»	»	»	»	↓	3 10	»	5 45	»	»	—
Meillerie	»	»	»	11 15	»	»	»	»	↓	3 25	»	6 »	»	»	—
VEVEY { Grand Hôtel	8 15	»	10 23	↓	»	1 5	»	2 55	↓	↓	»	↓	7 10	»	—
VEVEY { Marché	8 20	9 18	10 28	↓	11 15	1 10	2 30	3 »	↓	↓	5 15	↓	7 15	8 30	—
VEVEY { La Tour	8 25	9 23	10 33	↓	11 20	1 15	»	3 5	↓	↓	5 20	↓	7 20	8 35	—
Clarens	8 40	9 38	10 45	↓	11 35	1 30	»	3 20	↓	↓	5 35	↓	7 35	8 50	—
Montreux	8 45	9 43	10 53	↓	11 40	1 35	2 48	3 25	↓	↓	5 40	↓	7 40	8 55	—
Territet	8 52	9 50	11 »	↓	11 46	1 41	2 55	3 32	↓	↓	5 50	↓	7 47	9 1	—
Villeneuve	9 2	10 »	11 10	↓	11 55	1 50	3 5	3 42	↓	↓	6 »	↓	7 57	9 10	—
Saint-Gingolph { France	»	»	»	11 35	»	»	»	»	↓	3 45	»	6 20	soir	soir	—
Saint-Gingolph { Suisse	»	»	»	»	»	»	»	»	↓	»	6 27	»	—	—	—
BOUVERET ... arr.	9 25	10 20	11 32	11 50	midi15	2 15	3 25	4 5	3 58	4 »	6 40	6 33	—	—	—
	matin	matin	matin	matin		soir	soir	soir	soir	soir	soir	soir			

(A) Du 1ᵉʳ juin au 19 septembre au soir. — (B) Dès le 1ᵉʳ juin.

BATEAUX DE LA Cie Gle DU LAC LÉMAN

ÉVIAN-LES-BAINS A OUCHY-LAUSANNE

Heure de l'Europe centrale en avance de 55 minutes sur l'heure de Paris.

STATIONS	52	46	54	8	40	56	12	41]	38			
	matin	matin	matin	matin	soir	soir	soir	soir	soir			
ÉVIAN-LES-BAINS................dép.	6 20	7 44	9 45	11 40	1 »	2 15	3 50	5 35	8 5	—	—	—
OUCHY-LAUSANNE................arr.	8 55	8 20	10 20	midi 15	1 35	2 50	4 25	6 10	8 50	—	—	—
	matin	matin	matin		soir	soir	soir	soir	soir			

OUCHY-LAUSANNE A ÉVIAN-LES-BAINS

STATIONS	3	53	5	39	32	13	55	17				
	matin	matin	matin		soir	soir	soir	soir				
OUCHY-LAUSANNE................dép.	7 5	8 45	10 5	midi 5	2 21	4 50	6 43	8 "	—	—	—	—
ÉVIAN-LES-BAINS................arr.	7 40	8 20	10 40	midi 40	2 55	5 25	7 18	8 35	—	—	—	—
	matin	matin	matin		soir	soir	soir	soir				

Transports de Marchandises : Les marchandises grande vitesse peuvent être consi-gnées à bord de tous les bateaux.

Transports de Bagages : Chaque voyageur a droit au transport gratuit de 30 kilos de ses bagages personnels, qu'il doit surveiller et dont il est seul responsable.

RESTAURANTS DE PREMIER ORDRE A BORD — DÉJEUNERS ET DINERS A TOUTE HEURE, A PRIX MODÉRÉS

TABLE DES MATIÈRES

FÊTES
d'Évian - les - Bains

En 1909

En juin.

Fête des Roses (aux débuts de la grande saison).

En juillet et en août.

Grandes fêtes vénitiennes.
Régates à la voile.
Régates à l'aviron.
Grands matches de tennis.
Poules à l'épée, etc., etc.

AU CASINO

1° *Répertoire de comédie et d'opéra-comique* (par la troupe engagée spécialement);

2° *Représentations extraordinaires* (avec le concours des grands artistes parisiens).

BORDEAUX · - IMP. G. GOUNOUILHOU